CW00351743

La hormiga Miga... ¡liga!

Emili Teixidor

Ilustraciones de Gabriela Rubio

Dirección editorial: Elsa Aguiar
Colección dirigida por Marinella Terzi
Ilustraciones: Gabriela Rubio

© Emili Teixidor, 2004
© Ediciones SM, 2005
   Impresores, 15
   Urbanización Prado del Espino
   28660 Boadilla del Monte (Madrid)

ISBN: 84-348-3225-9
Depósito legal: M-4119-2005
Preimpresión: Grafilia, SL
Impreso en España / *Printed in Spain*
Orymu, SA - Ruiz de Alda, 1 - Pinto (Madrid)

Queda prohibida, salvo excepción prevista en la Ley, cualquier forma de repro-
ducción, distribución, comunicación pública y transformación de esta obra sin
contar con la autorización de los titulares de su propiedad intelectual. La in-
fracción de los derechos de difusión de la obra puede ser constitutiva de delito
contra la propiedad intelectual (arts. 270 y ss. del Código Penal). El Centro
Español de Derechos Reprográficos vela por el respeto de los citados derechos.

1 *La reina hace justicia*

LA reina gritó bien alto:

—¡Que se presenten ante este tribunal el camaleón Chillón y la lagartija Lija!

Los abejorros que hacían de guardias y las avispas que actuaban de porteras condujeron ante el estrado en el que se sentaba el tribunal, al camaleón con traje de mil colores y la cara triste, y a la lagartija Lija con cara de pocos amigos.

Detrás de la pareja y los guardias iban los defensores, el topo Loco y el topo Coco, los dos con gafas enormes y gruesas y el traje negro que llevan los abogados y que se llama toga.

La hormiga Miga, sentada al lado de la reina, buscó los papeles del caso del camaleón y la lagartija para aconsejar a la reina sobre el pleito que tenía que resolver.

La hormiga Miga aprovechaba los últimos días de invierno, cuando el sol ya era más fuerte y los habitantes del bosque y del nido empezaban a despertar del largo reposo de los meses de frío, para preparar la sala donde la reina impartía justicia.

La reina solía inaugurar la primavera llamando a los animales del bosque que se habían peleado la temporada anterior o durante el sueño invernal, para que hicieran las paces.

Los peleados aceptaban siempre la sentencia de la reina.

Y la consejera de la reina era la hormiga Miga, que se pasaba días y horas estudiando cada caso y llamando a acusadores y acusados con sus testigos para que se presentaran junto a sus defensores ante el tribunal del bosque.

Aquel último día de invierno había tres casos, tres pleitos decían los abogados, por resolver.

El de la lagartija contra el camaleón era el primero.

La reina estaba sentada en el centro del tribunal formado por la hormiga Miga, la abuela Hormigüela, el mochuelo Suelo y la hormiga Maga. El estrado se levantaba en un rincón del prado central del bosque. Había poco público porque los habitantes más dormilones y perezosos todavía estaban descansando en sus nidos, aturdidos por el sueño que les viene en invierno y que llaman letargo.

—¿Qué les ha ocurrido a ese par? –preguntó la reina a Miga, cuando tuvo delante a la lagartija y al camaleón–. ¿Por qué se han peleado?

—La lagartija Lija protesta porque cuando se enamoró del camaleón Chillón, lo conoció vestido de azul cielo, muy bonito, y ahora

ha cambiado de color y viste de un rojo san-
griento que da miedo.

El camaleón Chillón levantó ligeramente
la cabeza para decir en voz baja:

—No lo entiendo, yo soy así. Cambio de color con frecuencia...

—¡A callar! –le riñó la reina–. Los acusados no pueden hablar sin mi permiso.

—¿Y qué reclama la lagartija Lija? –preguntó el mochuelo, que era el fiscal.

El fiscal era el encargado de velar por los intereses de los habitantes del bosque y vigilar que todos se portasen bien. La reina dio su permiso y Lija dijo:

—Que no le quiero vestido de rojo, no me gusta de ese color, me da miedo. Yo le conocí de azul celeste, no rojo como el diablo.

—¿Lo quieres abandonar? –preguntó la reina–. ¿Quieres dejarlo para pescar a otro enamorado?

La lagartija hizo que sí con la cabeza.

—¡Eso es imposible! –gritó el mochuelo, alarmado–. ¿Dónde iríamos a parar si todo el mundo pudiera dejar a su pareja con cualquier excusa para irse con otro? ¿Qué pasaría con los nidos abandonados y quién se ocuparía de los hijos?

—Hay que tener en cuenta –dijo el topo Loco, defensor de la lagartija– que mi cliente ignoraba que los camaleones cambiaban el color de la piel según el lugar en que se encontraban. Y el camaleón Chillón, como quería casarse con esa lagartija, se presentaba siempre con un fondo de cielo azul, de agua azulada, de flores azulosas... porque sabía que a la lagartija le gustaba ese color.

El topo Loco señaló con el dedo al camaleón Chillón para acusarlo así:

—O sea, que ese individuo engañó a la inocente lagartija y por eso pedimos que el culpable abandone el nido por mentiroso y chaquetero que cambia de color según le conviene.

El topo Coco, defensor del camaleón Chillón, levantó también el dedo para señalar a una araña del público, que tomó por su defendido porque no veía nada, y replicó:

—Los camaleones son como son, no pueden dejar de cambiar de color. Es su naturaleza y si esa lagartija no sabía lo que sabe todo el bosque, es su culpa, de la lagartija, por ignorante y boba.

La reina consultó el caso a la hormiga Miga y, una vez bien aconsejada, preguntó a la lagartija Lija:

—Si tu camaleón fuera siempre de color azul celeste, ¿le querrías?

—Si fuera siempre como le conocí, sí.

—Niña –dijo el mochuelo–, todos cambiamos poco a poco con los años. Nadie es el mismo que cuando le conocimos por primera vez.

—No me importa que envejezca lentamente –dijo ella–, lo que no quiero es que cambie de color.

—Muy bien –sentenció la reina–. Podrás ver a tu camaleón siempre de color azul celeste. Para eso te damos dos soluciones: la primera es que cierres los ojos cuando él tome un color que no te guste y lo recuerdes de color celeste como a ti te gusta, y la segunda es que te pongas unas gafas de cristales azules y así lo verás siempre a tu gusto.

El público aplaudió la sentencia. El camaleón Chillón salió de la sala muy sonriente de la mano de la lagartija Lija, que había cerrado los ojos y también sonreía.

—Muchas veces –comentó en voz baja la

hormiga Miga a la reina–, para conservar al animal querido, tenemos que cerrar los ojos para no ver sus defectos, o bien buscar alguna ayuda, como unas gafas, que nos lo hagan ver tal como nos gusta.

2 *El corazón robado*

LA reina dio un mazazo en la mesa y anunció:

—Pasemos al segundo pleito.

Los abejorros acompañaron al hipopótamo Popó ante el tribunal. El hipopótamo, inmenso como un camión de carne, se movía con dificultad y parecía triste y abatido.

—¿Qué le ocurre al señor Popó? –preguntó la reina–. Con una piel tan dura como la suya, es difícil que alguien pueda hacerle daño.

—Le han robado el corazón –recordó la hormiga Miga junto a su oreja.

—La mariposa Rosa le ha robado el corazón –acusó el fiscal Mochuelo–, y por eso

está triste, no duerme ni come nada y se pasa todo el día pensando en ella.

—¡Pero si pesa cien veces más el corazón del hipopótamo que la mariposa Rosa entera! –exclamó la reina–. ¿Cómo es posible que se lo haya robado?

—Es un decir –añadió el mochuelo–, para explicar que el pobre Popó no puede vivir sin

ella y que si no la tiene siempre a su lado, se morirá de pena, como si le faltara el corazón.

—¡Qué culpa tiene la pobre mariposa de que ese montón de grasa se haya enamorado de ella! –dijo el topo Loco, defensor de la mariposa–. Lo único que ha hecho ella ha sido volar con sus alas de colores delante de él, y nada más.

—Pero... es tan bonita, tan ligera, tan graciosa, tan... como si fuera una bailarina –suspiró el hipopótamo Popó con los ojos cerrados–, que me ha robado el corazón y no puedo respirar si no estoy a su lado.

La mariposa Rosa, sentada en un rincón de la sala, se abanicaba con un abanico de colores y comentó:

—¡Ay, qué culpa tengo yo de ser así y robar todos los corazones!

La reina consultó con la hormiga Miga y, después de escucharla con atención, dictó sentencia:

—Quieres seguir viendo a la mariposa Rosa, ¿sí o no?

El hipopótamo movió la cabeza para decir que sí.

—Los seres que amamos nos roban el corazón –continuó la reina–. Si quieres, ella te devolverá el corazón a condición de que no la veas más. ¿Qué prefieres? ¿Seguir viéndola o que te devuelva el corazón?

—Que me siga robando el corazón –confesó el hipopótamo.

—Entonces, no le reproches nada y no te lamentes. Tú has permitido que ella te robara el corazón y te lo guardara.

El público aplaudió la decisión y la reina pegó otro mazazo y ordenó:

—¡El caso siguiente!

3 Un caso de risa

Los abejorros presentaron al tribunal a un sonriente ratoncillo Pillo.

—Las hormigas acusan a este ratoncillo de reírse de ellas –lo acusó el mochuelo.

—Ya me han contado algo del caso –dijo la reina acercando las antenas a la hormiga Miga para saber más.

—Aquí están las pruebas, copiadas de las pintadas que hace el acusado por los caminos del bosque –añadió el mochuelo mostrando al tribunal una pizarra en la que se leían las frases siguientes:

Las hormigas son tan pequeñas, pequeñas,

pequeñas, pequeñas, pequeñas, …

Las hormigas son tan desordenadas, ordesna-
das, nadesordas, sedanodrosad...

Las hormigas son tan holgazanas,
hol ga za nas,
h o l g a z a n a s,
h o l g a z a n a s...

Las hormigas son pesadas, pesadas, pesadas, pesadas...

Las hormigas son tan débiles, dé
b
i
l
e
s...

23

El público estalló en risas al leer las frases. La reina dijo:

—¿Por estas tonterías se enfadan mis hormigas? Las condeno a ellas a reírse de sus defectos, y sobre todo de sus cualidades, un rato cada día hasta que tengan el sentido del humor que les falta. ¡El caso siguiente!

El siguiente caso era el de un lirón pequeño y canijo que se presentó al tribunal con la cabeza gacha y los ojos medio cerrados, como si no se atreviera a mirar hacia arriba o estuviera medio dormido.

—El caso del lirón Guapetón es muy raro –dijo el mochuelo Fiscal–. Dice que le falta algo pero no sabe qué.

—Di, lirón, ¿no eres suficientemente guapo? –le preguntó el defensor, el topo Loco.

El lirón abrió un poco más los ojos y dijo con voz débil:

—Tengo de todo, me va muy bien, pero me falta algo. Todo el mundo me dice que soy muy guapo, pero no sé de qué me sirve tanta guapura. Me siento... incompleto, como si estuviera a medio hacer. Me pongo triste sin motivo, duermo sin sueño, como sin apetito, ando sin rumbo, lloro sin lágrimas, me río sin alegría..., solo sé que me falta algo y no sé qué.

—¿Y sabes quién tiene la culpa de todo lo que te pasa? –le preguntó el mochuelo, acusándole con la punta del ala.

El pobre lirón no supo qué responder. El público lo miraba con simpatía, porque el lirón era muy joven y todos pensaban que se trataba de problemas de juventud, de crecimiento, que muchos de los presentes habían padecido cuando tenían su edad.

—La culpa la tienes tú mismo, que no sabes divertirte –sentenció la reina, que tenía ganas de acabar los juicios aquel día–. Tienes que salir de tu casa, hablar con la gente, hacer amigos y amigas, buscar una lirona tan guapa como tú y llevarla a pasear y a bailar... y después, si os gustáis, casarte con ella. Eso es lo que te falta: ¡el amor!

—Un mochuelo muy sabio dijo hace tiempo que muchos de nosotros somos solo la mitad de alguien y al llegar a mayores, tenemos que buscar esa otra mitad que nos falta –le aclaró la hormiga Miga–. ¿Estás dispuesto a buscar tu mitad?

El pobre lirón bajó la cabeza y musitó:

—Es que no sé cómo hacerlo...

Al escuchar eso, Miga se acercó a su reina y le dijo:

—Tengo una idea, majestad. Una idea que resolverá muchos problemas.

4 *La primavera*

—¿Piensas en la fiesta de la primavera? –le dijo la reina, alarmada.

—Sí, majestad –dijo Miga–. Este pobre lirón es el ejemplo más claro de la necesidad que tienen los habitantes del bosque de reunirse en una fiesta para conocerse y amarse.

La primavera acababa de anunciar su llegada alegre: las primeras flores, el regreso de los pájaros de sus refugios cálidos de invierno, el despuntar de las hojas de los árboles, la nueva fuerza del sol y el perfume tibio del aire...

—El primer pensamiento que tuve al despertar del gran sueño de invierno –recordó Miga– fue el de organizar una fiesta en el bosque para reencontrarnos todos los amigos y celebrar la llegada de la primavera.

—En el hormiguero nunca hemos organizado ninguna fiesta ni nada parecido ni celebrado la llegada de la primavera de ningún modo –dijo la reina–. Pasado el invierno nos espera el trabajo de cada día, sin pausas y sin fiestas.

El público observaba con curiosidad la charla entre la reina y su consejera Miga. Solo sus vecinos del jurado podían oír la discusión. El público esperaba que la reina cerrara el acto o anunciara alguna novedad.

—¡Estás como una regadera! –le dijo la abuela Hormigüela–. Aquí no estamos para fiestas. La reina no permitirá nunca esta locura.

—Nuestra reina no es aburrida ni rancia como otras –dijo Miga mirando de reojo a la reina para ver cómo se lo tomaba–. Una reina de verdad tiene que hacer cosas nuevas. Eso se llama innovar. Una reina debe innovar, si no quiere quedarse clavada en el pasado y ser una antigua.

Los miembros del tribunal se asustaron. ¡Nadie se había atrevido nunca a criticar a la reina!

—Miga –le aconsejó el mochuelo–, ve con cuidado, que lo que quieren todas las reinas es calma, orden y obediencia.

—Las reinas no necesitan que nadie les diga lo que tienen que hacer –añadió la abuela Hormigüela.

—Las hormigas nos hemos mantenido durante miles de años con las mismas costumbres, ¿por qué tendríamos que organizar fiestas e invitar a los amigos ahora? –preguntó la reina con una sonrisa de superioridad.

—La reina tiene razón –dijo la abuela–. Si a las hormigas nos ha ido bien sin fiestas, ¿por qué tenemos que cambiar ahora?

—Para trabajar mejor –dijo Miga–. Sin descanso y alguna fiesta, no se trabaja bien y, además, si no queremos olvidar a los amigos, tenemos que verlos de vez en cuando. Y la mejor manera de verlos y quererlos es invitarlos a una buena fiesta. La llegada de la primavera es la mejor ocasión para hacerlo.

La reina se levantó y con cara malhumorada dijo con voz fuerte al público:

—Hemos hecho justicia. Podéis volver a casa. Nosotros vamos a discutir una idea que ha tenido la hormiga Miga. Dentro de poco os convocaré a todos para anunciaros si aceptamos o no la propuesta de la hormiga Miga.

La reina bajó de la tribuna mientras decía a Miga:

—Te espero mañana por la mañana para hablar del asunto.

—¿Qué hacemos con el lirón Guapetón? –preguntó el mochuelo.

—Invítalo a la fiesta de la primavera como castigo por ser tan aburrido –le dijo la hormiga Miga, muy bajito para que la reina no la oyera–. A ver si hace amigos y quizá incluso le salga novia.

5 La audiencia

EL día siguiente, por la mañana, la hormiga Miga, acompañada de la abuela Hormigüela, fue a hablar con la reina. La reina le había concedido audiencia, que es como se llama el encuentro de la reina con alguien que pide entrevistarse con ella y que se presenta escoltado por los guardias.

Después de escuchar con atención las palabras de Miga, la reina dijo:

—¿Así pues, todavía piensas que tenemos que organizar una gran fiesta? ¿Quieres parar el trabajo del hormiguero y que el bosque entero celebre la llegada de la primavera?

—Sí –dijo Miga, decidida.

—No entiendo por qué tenemos que montar una fiesta así.

—Porque las hormigas somos el grupo más numeroso y organizado del bosque. Solo nosotras podemos hacer una gran fiesta e invitar a todo el mundo.

—¿Y qué ganará con eso nuestro nido?

—Amigos y alegría. Muchos de los habitantes del bosque no se han movido de su guarida en todo el invierno: un buen baile

les servirá para estirar las piernas y empezar
el trabajo con más gusto.

—Pero si muchos solo bailan cuando están enamorados, para agradar a su pareja
–comentó la reina, que no acababa de verlo
claro.

33

—¡Un baile de enamorados! ¡Qué idea tan buena ha tenido mi reina! Y a mitad del baile premiaremos a las parejas más vistosas que se presenten.

A la reina empezó a agradarle el plan.

—¡La reina más lucida soy yo, que para encontrar pareja vuelo muy alto y me hago acompañar de todos mis admiradores y escojo al que sube más alto y más me gusta! ¡Soy la única hormiga con alas! ¡Soy la reina y me llevaré el primer premio!

—Los demás habitantes también realizan acciones extraordinarias para encantar a sus parejas... –dijo Miga para bajar los humos a la reina.

—¡Pero yo soy la más guapa!

—Eso lo sabe todo el bosque, que sois la reina más bella –dijo Miga para dar jabón a la reina y quitarle de la cabeza que se presentara al concurso–. Por eso, vos, mi reina, presidiréis la fiesta, sentada en un trono de flores, abriréis el baile con el galán que más os guste, y seréis la jueza del concurso de los enamorados.

La reina sonrió, satisfecha.

—Por eso vos, mi reina, no podéis presentaros al concurso. No se puede ser juez y parte en un mismo juicio, ya lo sabéis.

La reina hizo una mueca de disgusto.

—Si me lo permitís, reina mía, yo os podré aconsejar en el concurso, como hago en los juicios normales, para que acertéis en los premios y todo el mundo os aclame como la reina más justa, brillante y generosa del bosque.

La sonrisa volvió a la cara de la reina.

—Podríamos otorgar tres premios, uno al mejor traje de galanteo, otro a la mejor canción para rondar a la pareja y el tercero a la historia de amor más emocionante.

—Muy bien –dijo la reina–. Ya puedes empezar el trabajo, que la primavera acaba de llegar.

—¡La fiesta por la llegada de la primavera será en el prado central del bosque! El mismo lugar donde celebramos los juicios –exclamó la hormiga Miga.

6 *El pregón de la fiesta*

Los pájaros se encargaron de pregonar la noticia por todas partes.

La hormiga Miga llamó a sus amigos para que la ayudaran a preparar la fiesta. Acudieron todos, la jirafa Rafa la primera.

En el claro del centro del bosque montaron una tarima para la orquesta de Las Formigables, con campanillas que hacían de altavoces colgadas de los árboles.

Al otro lado del estrado de los músicos, dejaron la plataforma que había servido antes para juzgar las primeras quejas y querellas de los habitantes del bosque, y ahora serviría para colocar a las autoridades que presidirían la fiesta. Transformaron el sillón de la presidenta del tribunal en un trono de flores para la reina y dejaron los asientos laterales para los consejeros y miembros del jurado.

Después limpiaron el suelo y sacaron las piedras y los pinchos para que las parejas pudieran bailar seguras.

La araña Malasaña y sus amigas las arañas

Castañas tejieron una telaraña de hilos de seda y la extendieron de un extremo a otro del prado colgada de los árboles, como un techo, y después colocaron flores en ella a modo de lámparas con luciérnagas dentro para iluminar el espacio al anochecer.

En un rincón del claro instalaron un bar con estantes llenos de copas y botellas de miel, limonada, agua con azúcar, y más be-

bidas para apagar la sed de los bailarines. Las abejas y los abejorros eran los camareros y se encargaban de que hubiera miel en abundancia.

Los osos serían los porteros de la pista de baile y el lobo Bobo, la zorra Gorra, el león Eón y el leopardo Pardo se encargarían del servicio de orden. Los micos y las monas estarían en el servicio de urgencia sanitaria por si alguien se mareaba. La jirafa Rafa vigilaría desde lo alto de su cabeza que todo funcionara a la perfección y daría la alarma si se acercaba algún peligro. Todos los amigos colaboraron en la buena marcha de la fiesta.

Los pájaros, todos los pájaros, se encargaron de llevar el pregón de la fiesta al último rincón del bosque. Se posaban en las ramas de los árboles, junto a los caminos, y empezaban a cantar con sus voces más melodiosas, bien alto:

Cabras, mulos, ¡atención!,
perros, pulgas, escorpión,
caballo, gato o león,
escarabajo o dragón,
escuchad este pregón:

Se hace saber, con razón,
que en el bosque, en un rincón,
transformado en un salón,
habrá pronto reunión
con fiesta, danza, follón
y música de acordeón,
violín, flauta y trombón.
Hacemos la invitación
a todos, y habrá ocasión
para vernos, ¡qué ilusión!,
de dar premios, ¡un montón!,
a pareja o solterón
que haga la demostración
de amar a la perfección
a su dama o grandullón.
Premio a la mejor canción,
mejor traje y confección.
Con esta declaración
invito a la población
del bosque y cualquier región
a acudir sin excepción
a gozar un mogollón,
gritar a pleno pulmón,

bailar con garbo y acción
o sentarse en el sillón,
beber agua con limón
y concursar con pasión
y ver con admiración
al novio más guapetón
y a la novia en su balcón.
Que ha hecho su aparición
primavera y su estación.
¡Porom, pon, pon!

7 *Los invitados*

EL día señalado, a media mañana, comenzó la fiesta.

Una vez sentada la reina y sus consejeros en el estrado, empezaron a llegar los invitados: la liebre y el lebratón fueron la primera pareja que entró en la pista de baile porque eran los más rápidos del bosque. Después entraron el lobo y la loba, una pareja de grillos, la langosta y el langostín, la mariposa nocturna y el mariposón, el lagarto bigotudo y la lagarta peluda, una pareja de arañas...

Por el aire llegaron los pájaros y, por el

agua de un estanque del centro de la pista, un pez luna con su mujer, que lucía una corona de estrellas; un caballito de mar con su novia; el pez espada con su dama; una pareja de ranas voladoras y más parejas de habitantes de las aguas.

La jirafa Rafa dio el aviso de que por los caminos ya no llegaba nadie más, y la reina levantó la antena para declarar inaugurada la fiesta de la primavera. Acto seguido, indicó a la hormiga Miga que dirigiera algunas palabras al público, así que Miga avanzó en el estrado y dijo:

Bienvenidos, un saludo,
Viejo, niño o bien talludo,
con un grito muy agudo
del mayor al más menudo.

Hizo una pausa para mirar al público y continuó:

Animal liso o peludo,
los sin pelo y el barbudo,

44

nariz chata o narigudo,
de voz suave o campanudo,
vaya vestido o desnudo,
hablador o más bien mudo,
a todos un gran saludo.

Respiró con fuerza y siguió:

Bailaré si es que no sudo
hasta encima de un embudo
y habrá después, no lo dudo,
concurso morrocotudo
del amor más peliagudo.

Los invitados aplaudieron y la hormiga Miga anunció:

Premio al mocetón más rudo
que con traje pistonudo
y mucha seda, no engrudo,
vista corbata con nudo.

Los invitados examinaron sus pieles y plumas, y empezaron a cepillarse con la lengua, el pico y las uñas.

Segundo premio, al picudo
con timbre más puntiagudo,
que cante sin estornudo
la canción que nadie pudo.

Esta vez los invitados miraron a su pareja para recordar las peripecias de su

46

noviazgo, para ver si podían aspirar al
premio.

Último premio, ventrudo,
al amor más testarudo
que proteja como escudo
contra el mundo malo y rudo.

Muchos invitados cerraron los ojos para recordar su historia de amor y sopesar si era emocionante como para concursar. Pero la reina propuso:

—Antes de empezar el concurso, podríamos bailar un poco para divertirnos un rato.

—Es verdad –asintió la abuela Hormigüela–, porque no todo el mundo ha venido a concursar, muchos han acudido solo a ver quién gana.

—La hormiga Miga hizo una seña a la orquesta y Las Formigables iniciaron el primer baile.

8 *Los dos gallos*

EL cocodrilo bailaba con la pantera negra, la gallina blanca con el lobo rojo, el gato bigotudo con la araña peluda..., incluso la jirafa Rafa agachó la cabeza hasta el punto de poder acercarse a la hormiga Miga, pero la distancia era tan grande que no pudieron verse hasta que la urraca fue a su nido a buscar una lupa que había robado hacía poco y la puso delante de la hormiga Miga para que la jirafa pudiera verla bien, aumentada por la lente.

—¡Nunca te había visto tan grande! –exclamó la jirafa Rafa, al ver a Miga aumentada tras el cristal.

—¡Y yo solo puedo verte un ojo gigantesco! –dijo la hormiga Miga con voz tan débil que su amiga casi no pudo oírla.

—¡El último baile, sube a mi cabeza y bailaremos! –la invitó la jirafa Rafa.

La hormiga Miga hizo que sí con la cabeza.

—Pediré al ruiseñor Señor que me suba –añadió–, pero que no me coja con el pico, que podría tragárseme. Me agarraré a una de sus patas porque él solo utiliza las alas para volar.

La orquesta dio un toque de atención en aquel momento y el baile se detuvo. En la pista se hizo silencio mientras las parejas volvían a sus asientos o se acercaban al bar. La hormiga Miga dejó la lupa a la urraca para que la guardara, y regresó a toda prisa al lado de la reina.

—Empieza el primer concurso –anunció la reina–. El que premiará el mejor vestido de noviazgo. Vamos a ver el primero.

Los concursantes, en pareja o solitarios, esperaban su turno, ocultos tras unas matas y arbustos para sorprender al público. Los osos porteros los iban llamando para salir a la pista.

La primera pareja que apareció fue un gallo de corral con su gallina. El gallo salió primero, vestido de plumas doradas y una cresta roja como una corona de fuego. La gallina iba detrás, con gesto humilde y plumas más sencillas, que se confundían con los colores del bosque.

El gallo se paseó por el prado, ante el jurado y el público, con su vestido de gala, el pecho y la cresta hinchados, como si fuera un general, orgulloso, firme, presumido. La gallina lo contemplaba, quieta en un rincón, como para no estorbarlo.

—¡Qué plumaje tan vistoso! –exclamó la reina.

—Es un vestuario muy lucido para enamorar a las gallinas –comentó la abuela Hormigüela.

—¡Soy el rey del gallinero! –proclamó el gallo.

Cuando el público iniciaba los aplausos, se oyó una voz que protestaba:

—¡No merece ningún premio! Miradme a mí, y comparad.

Y apareció en la pista un gallo salvaje con todas las plumas negras y brillantes como si llevara una capa de terciopelo, con una mancha escarlata alrededor de los ojos y una cresta roja como la sangre. El segundo gallo se colocó al lado del primero y, señalando con el pico la pata de su competidor, dijo:

—¿Qué es esa marca que llevas en la pata? Es una señal fea, repugnante.

—Es la marca del alambre que nos colocan en el gallinero para que no escapemos

–confesó la gallina, desde su rincón, con timidez. El gallo la miró con ira.

—Así pues, ¿vosotros preferís el bienestar a la libertad? –sonrió el gallo salvaje–. Yo prefiero ser libre como el viento y no llevar plumas tan espléndidas.

El gallo salvaje se dirigió a la reina y dijo:

—El jurado tiene que decidir si es mejor vestido la libertad o la elegancia cautiva.

La reina y sus consejeros discutieron un momento en voz baja y al final la hormiga Miga anunció:

—Hemos decidido que no podemos premiar a un concursante que se presenta con una señal de sumisión en su cuerpo. No tiene mérito lucir unas alas y una cola de plumas brillantes logradas sin esfuerzo, con la comida asegurada.

—Además –añadió la abuela Hormigüela–, las gallinas hacen todo el trabajo: limpian, ponen los huevos, los empollan, cuidan los pollitos... ¡El gallo no hace nada!

—En cambio, yo –se preció el gallo salvaje mientras el primero bajaba la cresta– vivo en libertad, sin amo, y mis plumas negras y mis manchas rojas lucen más que las de este sumiso gallo de corral. Yo merezco el premio.

La reina consultó de nuevo a sus asesores, y al final la hormiga Miga pidió a la gallina que esperaba humilde en su rincón:

—¿Cuál de los dos te gusta más? ¿A cuál de ellos escogerías como marido?

—No me quedaría de ninguna manera con el gallo salvaje –dijo ella–. Porque cuanto más vistoso es el traje, mayor es el peligro de que los enemigos te localicen y te ataquen.

Tendría marido para poco tiempo, con un vestido tan brillante y unas manchas rojas tan visibles. Prefiero a mi gallo de corral, que si van mal dadas, hace lo mismo que yo: confunde sus colores con los del suelo o del bosque. Es más seguro.

Entonces la reina dijo:

—El premio no será para ninguno de los dos. El primero, por llevar marcas en las patas, y el segundo, por pretencioso y fanfarrón.

La hormiga Miga acabó con sus aleluyas:

Ni orgullo ni esclavitud
tienen premio ni virtud.

Y mientras los dos gallos y la gallina salían del claro, la reina ordenó:

—¡Que se presenten los siguientes concursantes!

9 *La oreja de burro*

EL segundo concursante era una cebra macho que dejó con la boca abierta al público con su piel blanquísima, con rayas oscuras que empezaban en la punta de la nariz hasta el extremo de la cola. Parecía vestir un pijama de seda. La crin se movía de un lado a otro, como un abanico blanco y negro.

—¡Es un traje magnífico! –exclamó la hormiga Mega en el jurado.

—Sí –observó Miga–, pero está muy visto.

—La gracia está en que, cuando quiere enamorar a su pareja –explicó la abuela Hormigüela–, se pasea de modo más elegante, salta y trota para lucir mejor los dibujos de la piel.

—Me han contado –dijo la reina– que cada cebra tiene el dibujo de las rayas distinto, que no existen dos iguales.

—Por cierto –dijo Miga–, que esa cebra parece no andar muy bien, se mueve como desencajada.

—Es cierto –dijo la reina–. Anda como un pato.

La reina llamó a la cebra para que anduviera más deprisa, intentara alguna carrerilla y algún brinco.

La cebra intentó apretar el paso y con el esfuerzo se descompuso un poco más y se descubrió el engaño.

—¡Le ha salido una oreja de burro! –exclamó la hormiga Muga.

—Lleva un disfraz –gritó Miga.

—¡Es un burro que se ha vestido con una piel de cebra para ganar! –dijo la abuela Hormigüela.

—¡Expulsadlo enseguida del concurso! –ordenó la reina–. ¡No quiero verlo ni un

minuto más! Mañana lo castigaremos como merece.

Mientras el estafador salía entre los abucheos del público y la reina llamaba al tercer concursante, Miga dijo, muy seria:

La oreja de burro asoma
si un halcón va de paloma.

10 *Los cuernos del ciervo*

EL tercer concursante gustó mucho al público.

Era un ciervo gracioso, de piel rosada, que se paseaba con movimientos ligeros, como si volara, pese a lucir unos grandes cuernos magníficos, como si en la cabeza le hubiera crecido un bosque.

El jurado y el público lo contemplaban con admiración, encantados por su belleza.

Pero la reina, tras examinarlo bien, observó un defecto.

—Tiene las patas demasiado largas y delgadas –juzgó–. Para aguantar el peso de esa cornamenta, son delicadas en exceso. Los cuernos pesan mucho y el pobre ciervo se caerá cualquier día aplastado por su peso.

La hormiga Miga replicó:

—He hablado antes con él y me ha contado que hace poco él también pensaba lo mismo y se veía desproporcionado. Sin embargo, un día sufrió el ataque de un león y tuvo que refugiarse en el bosque a todo correr. Los cuernos tropezaban con los árboles y le frenaban a cada paso. El león estuvo a punto de cazarlo, pero el ciervo tuvo suerte de sus patas ligeras, que le permitieron escapar a toda velocidad por el prado y salvarse.

—Tienes razón –concedió la reina–, la belleza no lo es todo. A veces nos ayuda más lo que menos nos gusta.

La hormiga Miga resumió:

La belleza es muy vistosa,
la utilidad es mejor cosa.

El jurado decidió no darle el premio porque su principal cualidad eran las patas, que él aborrecía, y no los cuernos, que él y sus admiradores adoraban.

11 Un abanico con mil ojos de colores

EL cuarto y último concursante todavía entusiasmó más a los espectadores y al jurado.

Se trataba de un pavo real espléndido, de color azul eléctrico con manchas doradas, que se detenía a cada paso para abrir una cola de plumas larguísimas que arrastraba como una capa de terciopelo. Se quedaba quieto un momento y transformaba su cola en un abanico grandioso, de mil colores, azul marino, amarillo canario, negro carbón, con multitud de ojos chillones en el extremo de las plumas.

Era tan hermoso que el público aplaudía cada vez que abría la cola.

—¡Es el mejor traje que he visto nunca! –exclamó la reina–. ¿Qué opináis?

El jurado parlamentó un momento. Todos coincidían en que el plumaje era magnífico.

—Yo le concedería el premio con una condición –propuso Miga–. Que no sea vanidoso en exceso, que no vaya de guaperas por la vida. Porque la belleza interior tiene que acompañar a la externa para ser completa.

—De acuerdo –aceptó la reina–. Vamos a preguntarle cómo se ve él mismo, si se encuentra perfecto o no.

La abuela Hormigüela preguntó al pavo real, en nombre del jurado, qué opinión tenía de sí mismo, cómo se veía él mismo.

—Me faltan un par de cualidades para ser perfecto –confesó el pavo con pesar–: cantar mejor que el ruiseñor y correr más rápido que la liebre.

La reina se indignó:

—¡Cómo te atreves a lamentarte! ¿No estás satisfecho con ese arco iris de plumas que tienes? ¿Querrías además la voz del ruiseñor y las patas de la liebre? Todo el mundo tiene unas cualidades, grandes o pequeñas, y no sería justo que un solo individuo las acaparara todas.

—El ruiseñor, tan pequeño, no se merece una voz tan hermosa –se excusó el pavo real–, y la liebre, tan vulgar, no puede tener unas patas tan ligeras. Yo, con mi plumaje, daría más esplendor al canto del ruiseñor, y si pudiera correr como la liebre, mucha más gente podría admirar los colores de mi cola.

—¡Presumido! –le dijo la reina–. ¡Pretencioso hinchado de vanidad! Un envidioso como tú no merece el premio.

Miga, como de costumbre, resumió la sentencia:

Feliz el que es feliz con lo que tiene
y en lo que tienen otros no interviene.

12 El quetzal

En aquel momento cruzó el cielo un pájaro bellísimo con las plumas más brillantes que nadie había visto nunca.

Todos levantaron la cabeza para contemplar aquel pájaro misterioso que atravesaba el bosque.

Tenía las plumas de la cabeza y del cuello de un verde esmeralda, el pecho de color rojo rubí, las alas verdes y blancas, el pico y las patas de un amarillo limón, una crestita verde como un moño de seda, y una cola blanca, verde y negra acabada en una pluma larguísima de color verde, como una bandera.

El pájaro vio la reunión abajo, en el claro, se posó en una rama y preguntó:

—Perdonad, pero vengo de tierras lejanas y me he perdido. Buscaba aguacates en la selva y sin darme cuenta me he encontrado volando sobre el océano, hasta aquí.

—¿Y tú quién eres? –le preguntó Miga–. ¿Cómo te llamas?

—Soy el quetzal, un pájaro de tierras americanas, del Trópico.

—¿Y todos los pájaros tropicales son tan vistosos como tú? –dijo la reina.

—¡Qué va! –se rió el quetzal–. Son mucho más bellos que yo. Algunos resplandecen con tanta belleza que no podríais ni mirarlos sin quemaros los ojos.

Los habitantes del bosque acogieron al pájaro tropical perdido, lo alimentaron con frutas, y todos se pusieron de acuerdo para concederle el premio al mejor vestido, porque sus plumas brillaban mucho más con la simpatía y la modestia que mostraba.

13 La voz del canguro

Al rato, cuando el quetzal ya había regresado a su Trópico, empezó la segunda parte del concurso, la que premiaba las mejores canciones de amor.

El primer concursante fue un canguro que se presentó con la bolsa llena de flores, y pidió permiso para cantar una canción que había compuesto para conquistar el amor de su cangura.

—Ignoraba que los canguros tuvieran buena voz –se extrañó la reina–. Creía que su cualidad principal era la velocidad, que podían correr como el viento, a saltos, gracias a la fuerza de las patas de detrás y de la cola.

—Dejemos que cante y así lo comprobaremos –propuso Miga–. ¡Adelante!

El canguro abrió la boca y una voz de tenor, potente y vibrante, llenó el claro:

Yo canto por ti, cangura,
te llevo en el corazón
y este canguro te jura
cantar siempre tu canción.

El público aplaudió mucho y el jurado quedó tan admirado de su voz que la reina le dijo:

—¡Qué voz más hermosa tienes! Eres el mejor cantante que he oído nunca. ¿Cómo te llamas, para recordar tu nombre?

Y entones se oyó una voz de caldero herrumbroso que respondía:

—Soy el canguro Arturo.

El pobre canguro se puso rojo como un tomate, el público empezó a silbar y de la bolsa salió un jilguero que lo riñó así:

—¡Estúpido! ¿No te he avisado que no debías abrir la boca por nada del mundo?

El canguro Arturo tuvo que salir del prado por piernas, protegido por el servicio de seguridad.

La hormiga Miga comentó, sonriendo:

Las patas son de canguro,
pero la voz no, seguro.

14 *El violín del grillo*

Pasado el disgusto, se presentó un grillo con un violín, acompañado de una ratita-langosta. La ratita-langosta del norte es una especie de ratoncillo del tamaño de medio dedo, tiene solo diez centímetros.

—¡Qué pareja más rara! –exclamó la abuela Hormigüela al verlos.

—Ese grillo –explicó Miga, que como buena consejera se había enterado de todo antes– canta desde las nueve de la mañana hasta las dos de la madrugada en la entrada de su nido.

—No es un violín –dijo la hormiga Miga, fijándose bien–. Son las alas, el grillo canta con las alas.

El grillo se había colocado en el centro del prado, al lado de la ratita-langosta, y empezó a frotar su ala derecha contra su ala izquierda, como si alargara el brazo para tocar un violín, y se oyó un gruñido repetido sobre el que cantó:

Pues yo me enamoré
de esa rata chiquita
porque me pareció
un grillo con faldita.

La reina se puso las manos en la cabeza, alarmada, y dijo:

—¡Este grillo está grillado! ¿Cómo es posible que tomara una ratita por un grillo hembra?

—El amor es ciego y loco –dijo Miga–, y vuelve locos a los enamorados.

—¡Que lo metan en una grillera con grilletes! –exclamó Homigüela–. ¿Y qué ocurrió?

El grillo continuó:

75

Por error me casé
yo con esta ratita,
y el gato que la vio
quiso comerla frita.

La reina se alarmó de nuevo:

—¡Eso ocurre por querer cambiar las cosas!

Entonces la ratita-langosta se colocó delante del grillo y terminó la canción con un chillido que se podía oír a mil pasos de distancia:

Y yo pegué un buen salto
y huí muy asustada,
era mejor largarse
que vivir disfrazada.

El grillo y la ratita inclinaron la cabeza y se retiraron mientras el público aplaudía.

—No hubiera pensado nunca que una ratita tan pequeñita pudiera chillar con tanta fuerza –dijo la hormiga Miga–. Es una historia triste la que han cantado.

—Los mosquitos, los escarabajos y las ci-

galas cantan como el grillo –informó la abuela Hormigüela–. Y las langostas de encina
utilizan las hojas y la madera como un tambor para cantar. Ese grillo no tiene mucho
mérito, ya que hace lo mismo que los demás.

—¡Que pasen los siguientes concursantes!
–ordenó la reina.

15 El sonido del agua

Los siguientes eran un grupo de peces que sacaban la cabeza del estanque del centro del prado.

—¿Los peces cantan? –se sorprendió la reina.

—Ya lo creo –dijo Miga–; los ríos, los lagos y los mares están llenos de las voces de sus peces. ¿Creíais que los peces eran mudos?

—Lo que ocurre –añadió la hormiga Miga– es que nosotros no los podemos oír, no tenemos las orejas preparadas para escucharlos.

Se habían presentado un caballito de mar,

un pez luna y una carpa dorada, y esperaban el permiso para actuar.

Cuando la reina dio la señal para empezar, los peces se zambulleron en el agua y a pesar de que la reina, la hormiga Miga y muchos espectadores se acercaron al estanque, nadie pudo oír nada.

Al cabo de un ratito, los peces sacaron de nuevo la cabeza fuera y la reina les dijo:

—No podemos juzgar si cantáis bien o mal porque no hemos podido oíros.

Los peces pusieron cara de tristeza. El público y el jurado no sabían qué hacer.

—¿Qué culpa tenemos nosotros, si vosotros no nos podéis oír? –se quejaban los peces.

—La culpa es nuestra por habernos creído que lo podíamos criticar todo –dijo la Hormiga Miga–. Propongo dos soluciones.

—Dilas –le ordenó la reina, que tenía ganas de acabar.

—La primera es que premiemos el silencio. El silencio es como el suelo que aguanta los sonidos y las palabras. Estos peces nos han ofrecido la música del silencio.

—¿Y la segunda solución? –reclamó la reina.

—La segunda es que imaginemos la melodía del pez luna, la música del caballito de mar y la voz de la carpa dorada. Si hemos sido capaces de imaginar la canción que cantaban y escucharla en nuestra cabeza, nos han hecho un buen regalo; si no hemos podido imaginar nada, es que no sabemos inventar canciones.

La reina hizo un mohín y dijo:

—Bien. Pero sigamos con el concurso, a ver si el próximo concursante nos presenta una canción menos complicada.

16 *El cuco Burro canta rock*

EL cuco Burro se presentó acompañado de otro pájaro, el pájaro Jardinero, con el cual había formado un dúo, los Cucos-Burros.

—Es un conjunto muy extraño –dijo la reina–, porque el cuco Burro es un pájaro que imita el maullido de los gatos, el grito de los halcones y el lloriqueo de los niños, y el pájaro Jardinero canta y baila rodeado de trastos viejos, cristales rotos, latas sucias, cucharas brillantes..., como un cantante de rock en medio de un escenario para impresionar a sus fans. No sé cómo se avendrán los dos juntos.

Cuando estuvieron en el centro del claro,

el cuco Burro sacó una guitarra eléctrica de su caja y se puso una peluca de punki, y el pájaro Jardinero se colocó detrás de una batería, se vistió con un traje floreado y se puso una cabellera postiza que le llegaba hasta la cintura, mientras un grupo de ayudantes colocaba cosas de plata a su alrededor.

> *Yo quería a Gusanita,*
> *mas su padre era un verdugo.*
> *Podía verla de visita,*
> *pero de amor, ni un mendrugo.*
> *Su padre no me quería,*
> *pero es·que yo no me arrugo.*
> *«Vistes mal», él me decía,*
> *«y pareces un besugo».*

El batería continuó la canción con golpes de tambor y platillos:

> *Me corté el pelo y la hebilla,*
> *las flores y hasta el sombrero.*
> *Me afeité barba y patillas*
> *para obtener el «sí quiero».*
> *Fuera anillos, zapatillas,*
> *pulseras, traje y pandero.*

No bebí más manzanilla
ni bailé ya otro bolero.

El cuco Burro guitarrista terminó así:

Cuando el padre de la chica
me vio desnudo y pelado,
sin joyas ni brillantina,
limpio, amable y aseado,
sacó un palo de la esquina
y gritó muy enfadado:
«¡Largo de aquí, que mi niña
no la entrego a un desgraciado!».

La canción y la danza del dúo de pájaros gustó mucho y se llevaron el premio, a pesar de que más que una canción de amor era una canción de desamor.

—La gusanita tendió una trampa al pobre músico pelambreras –opinaba el público–, para sacárselo de encima, porque no le gustaba. Es una historia de amor desgraciado. Él sí que la quería a ella.

—Es que a veces hay enamorados muy pesados –comentó la hormiga Maga–. Aunque esa gusanita podía habérselo sacado de encima de otra manera.

—¿Pero quién querría casar a su hija con un músico punki muerto de hambre? –decían los del jurado.

—Han cantado muy bien, han bailado y han montado un buen decorado –acabó la hormiga Miga–. No se hable más del asunto.

17 *Los dos toros bravos*

La tercera y última parte del concurso era para premiar las mejores historias de amor. La primera pareja que se presentó fue la de dos toros bravos... sin cuernos.

—¿Qué os ha ocurrido que estáis sin cuernos? –les preguntó la reina.

—Los perdimos por amor –dijo uno de los dos–. Esta es nuestra historia.

—Los dos pretendíamos a la misma vaca –siguió el segundo–, que vivía en una cabaña en la cima de un monte.

—Un día –siguió el primero–, él descendía de la cabaña después de estar con ella y yo subía a cortejarla. El camino era tan

estrecho que solo podía pasar uno de nosotros.

—Él no quiso apartarse y yo tampoco, así
que tuvimos que pelearnos para ver quién
apartaba del camino al otro.

—Nos embestimos a golpes con los cuernos como dos bravos que somos, cornada va
y cornada viene, hasta que los dos caímos
cuesta abajo y nos rompimos la cornamenta
y quedamos con heridas por todas partes.

—Tuvimos que visitar al veterinario, de
mal que quedamos.

—Cuando vimos de nuevo a la vaca querida, nos dijo que sin cuernos no éramos
nada y que no quería vernos nunca más, que
ya se buscaría ella otro galán con los cuernos
enteros.

—Y ahora nos dedicamos a visitar corrales y plazas de toros, contando que si no quieren romperse los cuernos, la gente tiene que ceder el paso y no tirar demasiado de la cuerda para que no se rompa.

—Si hubiéramos dejado pasar al otro, ahora los dos todavía luciríamos nuestros cuernos y uno de nosotros se habría casado con la vaca.

La hormiga Miga resumió la situación de esta manera:

Estáis sin vaca y sin cuernos,
¡tozudos, a los infiernos!

La reina dijo:

—Creo que vuestra historia es parecida a la de los dos corderos que vienen ahora. A ver qué cuentan.

18 Los dos corderos

PERO no eran dos corderos, o borregos, sino que se presentó un cordero solitario. Era un cordero tranquilo, de cara amable, vestido de lana blanca.

—Éramos dos corderos –empezó–, pero solo quedo yo. Los dos queríamos a una oveja negra, preciosa. Nos peleamos como dos... enamorados, para conquistar su amor. Ganó mi compañero, pero yo me casé con ella.

Mientras hablaba, el cordero clavó los ojos en una oveja negra sentada entre el público. Ella lo miraba con sus grandes ojos llenos de estima.

—¿Cómo fue que, ganando el otro, ella te prefiriera a ti? –dijo la reina.

—Nos peleamos, como decía, y mi rival me dejó en el suelo, aturdido. Entonces, él, satisfecho y antes de ir a ver a la oveja, salió al punto más concurrido del bosque para proclamar a los cuatro vientos su victoria con el fin de que ningún otro cordero ni otro individuo se atreviera a acercarse a su amada. El lobo también escuchó su pregón y lo agarró de un zarpazo y se lo llevó para zampárselo vivo.

—O sea, que al final ganaste tú –concluyó la abuela Hormigüela.

—Bien mirado, sí... –dijo el cordero.

La hormiga Miga lo resumió así:

A veces, por vanidad,
perdemos premio y verdad.

La reina no parecía muy satisfecha, y con un golpe en la mesa, dijo:

—¡El siguiente!

19 *Los dos gavilanes*

Eran una pareja de gavilanes muy viajados porque se veían con signos de cansancio y algo estropeados.

—Nos casamos muy jóvenes y enamorados –explicó al macho–, y mientras yo salía en busca de comida, ella se quedaba en el nido cuidando a los pequeñuelos.

—Un día –continuó ella–, él no regresó. No sabíamos qué le había ocurrido y yo tuve que espabilarme para tirar los hijos adelante.

—Mientras cazaba –dijo él–, me perdí en un bosque espeso. Una serpiente me atacó y me dejó medio muerto. Cuando pude volar de nuevo, un águila me persiguió hasta dejarme rendido y fui a parar a un desierto donde me moría de hambre y de sed... No podía volver a casa por más que quisiera.

—Yo preguntaba a todo el mundo: ¿Habéis visto a mi gavilán? Y añadía: Si lo veis, decidle que le quiero y que espero su vuelta.

—Yo moría de añoranza por ver de nuevo a mi pareja y a mis pequeños...

—Encontré una manera de hacerle llegar

mi amor, estuviera donde estuviera. Empecé a querer a todos los habitantes del bosque, a todos los pájaros que pasaban y a todos los animales que encontraba para que si alguno veía a mi gavilán le llevara mi recuerdo. Luego, como nadie me traía noticias de él, empecé a querer a todo el mundo, a todo el universo, el Sol, la Luna, las estrellas..., porque

en cualquier sitio que estuviera mi amado, la tierra o la luz del Sol y de la Luna o el aire que respiraba le llevaran signos de mi amor...

—Cuando ya estaba a punto de morir en pleno desierto –dijo el gavilán–, el viento y la arena me hablaron, como en un sueño, para decirme: «Hay un pájaro que nos quiere tanto a todos, que nos ha contagiado de tal manera su amor, que nos hemos apiadado de ti y, si quieres, te llevaremos en una corriente de aire donde desees». Y así pude regresar al lado de ella y de mis hijos.

Los presentes permanecieron en silencio un momento, impresionados por la fuerza de aquel amor que se había hecho tan grande que había llegado a todas partes y a todas las criaturas.

—Esta es la historia más hermosa –dijo la hormiga Miga.

—Esperemos, antes de decidir –decidió la reina–. Todavía quedan algunos concursantes. Que se presenten, que tenemos prisa.

Antes de que se presentara el caso que relacionaba a la hormiga Miga con su amiga la jirafa Rafa, el jurado examinó dos o tres historias más.

La del palomo que estaba tan celoso de su querida Palomita, que le puso un lazo rojo en el cuello para no perderla de vista ni un momento, por lejos que volara, y así estar seguro de que no hablaba con otro amigo, solo con él. Pero el lazo rojo hizo que los cuervos se fijaran enseguida en ella, y de entre todas las palomas que estaban volando la escogieron a ella como presa más fácil, y de esta manera el palomo celoso se quedó sin paloma por no confiar en su fiel amistad.

La de la gata que quería estar tan segura del amor de su gato que siempre lo ponía a prueba. Un día le pedía que le trajera flores, otro día que le comprara un vestido nuevo, otro que la sacara de paseo delante de todo el mundo, otro que le prometiera mil veces que la querría siempre, otro que le cantara canciones bonitas, otro que le jurara que ella era la gata más guapa del mundo..., hasta que un día le pidió la luna.

—¿Quieres la luna? –le preguntó el gato.

Ella dijo que sí con un maullido.

—Así sabré que me quieres de verdad.

El gato salió a buscar la luna y todavía no ha regresado. Y ahora la gata ha aprendido que no es bueno pedir demasiado y que el amor puesto a prueba puede romperse.

Y todavía se presentó al concurso algún caso más, como el del ciervo que lanzaba tres mil bramidos al día cuando estaba enamorado, cosa que el jurado no consideró extraordinaria porque todos los ciervos hacen lo mismo; el del albatros que bailaba una antigua danza para agradar a su pareja; el del lagarto peludo que se perfumaba con mil perfumes para llamar la atención de su amiga; el de la mariposa de noche que lanzaba al aire mil olores para atraer a los enamorados, pero el viento los esparcía y solo dejaba dos o tres por el prado; el de la luciérnaga que emitía nueve o diez tipos de lucecitas para hacerse visible; el de las cigüeñas que solo cortejaban a su enamorada cuando llovía; el del pájaro que permanecía al lado de su pareja hasta la muerte...

21 La hormiga Miga... ¡liga!

DE repente, antes de que la reina anunciara que la mejor historia era la de los dos gavilanes que habían llenado el universo con su amor, surgió en el centro del prado una torre inmensa que hizo temblar las tarimas y los asientos.

El público tardó un poco en darse cuenta de que era la pata de la jirafa Rafa que se había plantado en mitad del claro y reclamaba atención.

—Yo también quiero contar la historia de mi amistad con la hormiga Miga –dijo desde su cabecita, que se veía como la campana en lo alto de un campanario.

—Yo –dijo Miga, ruborizada– no puedo ver a mi amiga de tan alta como es.

—Traed la lupa –ordenó la reina– y que se la ponga delante, que esos dos puedan verse.

—Esos dos –comentó la abuela Hormigüela– siempre necesitan a alguien que los ayude para verse. Es una amistad difícil.

—Quiero decir que mi amiga más amiga, que es la hormiga Miga –dijo la jirafa–, es tan diminuta que no la podría ver si los amigos del bosque no me la pusieran delante de los ojos.

—Para mí la jirafa Rafa también es mi amiga más amiga –dijo Miga–, y es tan alta y tan grande que solo puedo verla a trocitos, nunca entera.

—La hormiga Miga me gusta porque es tan pequeña como un granito de arena –dijo la jirafa Rafa–. Me gustaría ser como ella y ver el mundo tan de cerca, a ras de suelo, así sabría siempre dónde estoy y qué suelo piso.

—La jirafa Rafa me gusta porque es tan enorme como el árbol más viejo del bosque –dijo Miga–. Me gustaría ser como ella y poder contemplar el horizonte lejano, no perder nunca de vista qué hay más allá del bosque, así recordaría siempre que el mundo es mucho más ancho que nuestro bosque y que no todo acaba en nuestro nido.

—¡Perfecto! –exclamó la reina, levantándose–. Los dos habéis ligado bien. Hacéis buena pareja porque lo que falta a uno sobra al otro. Formáis la pareja más loca que he conocido nunca.

—Podríamos fundar un hormiguero en la cabeza de la jirafa –se rieron las tres hormigas Maga, Mega y Muga–. Sería un nido móvil y seguro, muy divertido. El jirafamóvil.

—No es mala idea –dijo la abuela Hormigüela–. Sería una buena manera de viajar.

En aquel momento llegó la urraca con la lupa robada y cuando iba a ponerla delante de la hormiga Miga para que la jirafa Rafa pudiera verla, la reina dijo:

—Devuelve la lupa a su sitio. Ahora no quiero que se vean esas dos. El amor siempre se ha pintado como si fuera un niño con los ojos vendados. Así, quedará claro para el público y los concursantes que la hormiga Miga y la jirafa Rafa representan lo que es el amor: una jirafa inalcanzable y loca que se deja aconsejar por una hormiga que no ve nada.

Así terminó la fiesta de la primavera. Una vez entregados los premios a los tres ganadores, el público se retiró a sus casas, algunos con su pareja, otros con las nuevas amistades conocidas, y la hormiga Miga y la jirafa Rafa con la esperanza de que algún día volverían a encontrarse. Mientras, harían como los dos gavilanes, querer a todo el mundo, amarlo todo, para que incluso el viento y las hojas y el polvo se contagiaran de su amistad y a través de ellos llegara un granito, un brote o un perfume de cariño al amigo más amigo.

La abuela Hormigüela repetía, divertida:

—Una hormiga diminuta que no ve nada aconsejando a una jirafa inalcanzable y loca...

Índice

1 La reina hace justicia 5

2 El corazón robado 15

3 Un caso de risa 21

4 La primavera 27

5 La audiencia 31

6 El pregón de la fiesta 37

7 Los invitados 43

8 Los dos gallos 49

9 La oreja de burro 57

10 Los cuernos del ciervo 61

11 Un abanico con mil ojos de colores 63

12 El quetzal 67

13 La voz del canguro 69

14 El violín del grillo 73

15 El sonido del agua 79

16 El cuco Burro canta rock 83

17 Los dos toros bravos 87

18 Los dos corderos 91

19 Los dos gavilanes 93

20 Otras historias curiosas 97

21 La hormiga Miga ¡liga! 101

TE CUENTO QUE EMILI TEIXIDOR...

... *tiene la inmensa suerte de poder dedicar a la lectura unas horas cada día. Por supuesto, tampoco deja pasar un solo día sin escribir. Y todavía tiene tiempo para nadar, para pasear y para ir al cine con sus amigos.*

A pesar de todo lo anterior, se confiesa perezoso. ¿Perezoso? En fin... Y para meterse un poco más consigo mismo, dice que es consciente de que se pasa a veces con la comida. Sobre todo, si se trata de un buen arroz, o de unos espaguetis con tomate y berenjena. ¿Quién no?

El verde manzana es su color preferido y la palabra "bosque" le trae hermosos recuerdos de las excursiones de su infancia. Bosque, bosque...

Emili Teixidor nació en Roda de Ter (Barcelona) en 1933. Es autor de una amplia obra, que ha sido galardonada con importantes premios, entre ellos el Premio de la Generalitat de Catalunya, el Premio Ruyra, el Premio de la Crítica y el Premio Nacional de Literatura Infantil precisamente por *La amiga más amiga de la hormiga Miga*, primer libro de esta serie.

¿QUIERES LEER MÁS?

SI TE HA GUSTADO **LA HORMIGA MIGA... ¡LIGA!** PORQUE ESTÁ PROTAGONIZADO POR UNA HOR- MIGA FILÓSOFA QUE PIENSA MUCHO LO QUE DICE, NO DEJES DE LEER LAS ANTERIORES AVEN- TURAS DE MIGA. El ingenio de esta hormiga, creada por Emili Teixidor, no te va a defraudar.

LA AMIGA MÁS AMIGA DE LA HORMIGA MIGA
LA HORMIGA MIGA SE DESMIGA
CUENTOS DE INTRIGA DE LA HORMIGA MIGA
EL BARCO DE VAPOR SERIE AZUL, N.ᵒˢ 74, 86 y 104

LA VUELTA AL MUNDO DE LA HORMIGA MIGA
LOS SECRETOS DE LA VIDA DE LA HORMIGA MIGA
EL BARCO DE VAPOR SERIE NARANJA, N.ᵒˢ 147 y 162

SI TE ENCANTAN LOS LIBROS COMO ESTE, PROTA-
GONIZADOS POR ANIMALES MÁS LISTOS QUE MUCHAS
PERSONAS, LO PASARÁS ESTUPEN-
DAMENTE CON **EL PÁJARO QUE NO
TEMÍA AL FRÍO**, la historia de un pá-
jaro que conoce el secreto del invierno
perpetuo.

EL PÁJARO QUE NO TEMÍA AL FRÍO
Zoran Drvenkar
EL BARCO DE VAPOR SERIE NARANJA, N.º 171

SI A TI TAMBIÉN TE GUSTA CELEBRAR FIESTAS Y OR-
GANIZAR CONCURSOS COMO LOS DE ESTA HISTORIA,
PORQUE CREES QUE NO HAY NADA MEJOR QUE EL
TRABAJO EN EQUIPO, LÉETE TAMBIÉN **PANDILLAS
RIVALES**, que cuenta cómo una pandilla de
chicas y una de chicos se unen para lograr
salvar a una compañera de clase.

PANDILLAS RIVALES
Javier Malpica Maury
EL BARCO DE VAPOR SERIE NARANJA, N.º 168

¡Déjate caer por **fueradeclase.com**
un portal para gente como tú!